AF233263

Poésies

DIVERSES,

PAR L. AMOUROUX,

DÉTENU

à la prison militaire de Dax.

La gloire fut toujours le guide des Français.

DAX, IMPRIMERIE DE G. BONNEBAIGT.

1837.

AVANT PROPOS.

Soldat obscur! va s'écrier quelqu'un de ces Messieurs habitant les brillants salons du premier : il te conviendrait bien mieux d'apprendre à manier ton fusil et blanchir tes buffleteries, qui, demain pour la revue, doivent être soumises à un millier de chefs, qui, pour te faire passer la manie des vers, pourraient t'expédier pour la salle de police accompagné par quatre de tes camarades, que tu veux chanter en comptant sur le bout de tes doigts les douze syllabes qu'il faut pour former un alexandrin. Ton esprit alors trop resserré ne pourrait à travers les barreaux saisir facilement une rime volage; encore si c'était mon Alfred, ce joli petit garçon destiné pour le barreau, qui doit bientôt raisonner de son éloquence? Mais un soldat!...

Un soldat, répondrai-je, dont à la vérité la profession est plus honorable qu'honorée, et ne figure pas dans le cercle de l'élégante société, dont à ton l'engage je reconnais pour en être le plus vide d'esprit, et qui ne dédie ces quelques phrases rimées,

En attendant des plus beaux jours,
Qu'aux vrais amis de la gloire.

Poésies

DIVERSES

VERS LÉGERS.

De ma prison échappez-vous mes vers,
Prenez l'essort à travers mon grillage ;
Laissez-moi seul, tout seul dans l'univers,
En m'oubliant dans mon dur esclavage.

Ma plume hélas ! tremblante dans ma main,
Dans ce lieu-ci se refuse d'écrire.
Adieu amis, liberté, ciel serein,
Devant mes yeux rien ne vient plus sourire.

Ma mère en pleurs regrettera son fils,
Ce souvenir fait déchirer mon ame,
Et nul mortel, dans ces sombres ennuis,
Ne lui dira : consolez-vous, madame.

Lauriers glorieux, flétris dans les prisons,
Pour vous cueillir je quittais ma patrie,
Et je n'aurai de vos nobles moissons
Que la douleur d'avoir encor la vie.

LA GLOIRE

Apparaissant à une sentinelle se plaignant de son absence.

Le soleil colorait la cime des montagnes,
A peine éclairait-il nos riantes campagnes,
Il venait en sortant des abîmes des mers
Par son brillant éclat éclairer l'univers.
Le ciel était serein, la voûte sans nuages,
Les oiseaux par leurs chants égayaient les bocages;
La nature ce jour déployait sa beauté;
Par l'odorat des fleurs l'air était embaumé.
Le zéphir ce matin par une douce haleine
Agitait mollement les arbres de la plaine;
La rivière à nos pieds dans ce jour aussi beau
Offrait à l'œil humain un élégant tableau;

Ma tête reposait sur le fer de mon arme :
De la ville éloigné ainsi que du vacarme,
Tranquille je veillais au haut de nos remparts,
En jetant au lointain rarement mes regards,
Quoique le rossignol, par sa voix mélodieuse,
Vint encor recréer ma personne ennuieuse :
Mon esprit abattu par un mal trop violent
M'empêchait d'admirer et sa voix et son chant.
Le laboureur envain chantait sur sa charrue,
Rien ne pouvait fixer mon esprit ni ma vue ;
Sans aucun intérêt je faisais ma faction,
En pensant quelquefois au toit de ma maison ;
Quand tout à coup, levant les bras avec violence,
Je prononçais ces mots, même avec véhémence :

Voilà quatre printemps que je sers mon pays ,
Sans avoir vu briller le fer des ennemis !
En partant je promis des lauriers à mon père,
Il reverra son fils sans eux à la chaumière ;
Nos soldats reposant en une honteuse paix
Semblent depuis long-temps n'être plus des Français ;
Nos armées ne vont plus de conquête en conquête ,
On ne voit plus marcher la victoire à leur tête !
Tous nos lauriers flétris avec notre étendard ,
N'offrent plus aux guerriers qu'un bien triste regard !
Et ces mots prononcés je reprends ma posture ,
Pour souffrir plus encor d'une peine trop dure ;
Mais que vois-je , grands dieux ! qui brille dans les airs,
De tout côté paré de mille éclats divers !

Est-ce la renommée aux cent bouches ouvertes
Qui nous vient prévenir de nous tenir alertes ?
Ou bien c'est Jupiter, sur son char lumineux ,
Qui vient pour soulager les mortels malheureux !

Avec rapidité , je le vois, il s'avance ,
Quelques instans après il est en ma présence.
Oh dieux ! c'était la gloire entourée de héros ,
Assis a côté d'elle , honorable repos ;
César était à droite avec le sage Ulysse ,
Qui de sa vie faisait le noble sacrifice ;
Annibal, Scipion , ces adroits généraux ,
Recevaient dans ce char le prix de leurs travaux.
Mes yeux, qu'éblouissait cette troupe héroïque ,
Cherchaient à pénétrer dans ce char magnifique :
Ils virent même assis le grand Léonidas ,
Qui tenait par la main cet Épaminondas
Qui laissait, disait-il, deux victoires pour filles ,
Qui vaudraient pour le moins deux illustres familles.
Le brave Duguesclin tenait aussi son rang ;
Condé lui souriait à côté de Vauban,
Et Turenne et Villars, ces héros de la France ,
Regardaient la Castille d'un air plein d'arrogance.

Mais du milieu du char la gloire se leva ,
Parmi tous ces guerriers parut avec éclat ;
Et de nobles lauriers de l'honneur le vrai signe
Entouraient à la fois sa tête magnanime.
Puis s'adressant à moi , d'un air plein de grandeur,
Me dit en souriant : réprime cette ardeur ;

Si Philippe, ton roi, paraît régner tranquille,
Le courage à son cœur n'est pas si indocile,
Car ce fer dangereux qui brille dans tes mains
Ira vomir la mort en de pays lointains.
Vous bénirez alors sa bannière royale,
Qui montrera à tous sa marche triomphale ;
Le héros que l'on met au rang des demi-dieux
Saura conduire aussi vos drapeaux victorieux ;
Et le montrant du doigt, dans son char magnifique,
Me fit apercevoir le plus heureux physique :
C'était Napoléon, dessous un dais assis,
Tenant entre ses bras un jeune roi son fils ;
Il lançait vers la France un gracieux sourire,
Disant avec orgueil le voilà mon empire !
La déesse à ces mots s'envole dans les airs,
Quittant pour quelque temps le sol de l'univers ;
Et moi, tout ébloui de sa magnificence,
Je m'écriais joyeux vive, vive la France !

POÉSIE FUGITIVE

sur

une jolie petite ville du département de Lot-et-Garonne,
située sur une hauteur qui domine une plaine de trois lieues.

Qui croirait qu'un soldat, par sa plume emporté,
Ose aujourd'hui chanter son pays, sa cité ;

Celui qui ne devrait au champ de la victoire
Que savoir recueillir les lauriers de la gloire,
Oui, mon pays natal, superbe Monflanquin,
Avec le même orgueil qu'un valeureux Romain
Qui est fier d'être né au pied du Capitole,
Pour parler de tes murs j'ai toujours la parole.

Que je me plais auprès d'un jeune et tendre ami
A qui avec plaisir, sans lui causer d'ennui,
De tes belles maisons je dépeins la structure,
Tes environs charmans tous couverts de verdure,
Surtout tes promenades avec ces beaux ormeaux
Dont la cîme balance sous tes cieux toujours beaux.

Qui verrait sans plaisir ce moderne Parnasse,
Qui, sans être habité par Homère ou le Tasse,
Offre l'éclat brillant de l'éclat du soleil ;
Son front majestueux, qui forme un arc-en-ciel,
S'élève avec fierté vers la voûte étoilée.

O toi, dieu des beaux arts ! O muse bien-aimée,
Cède à mes faibles vœux, pour chanter mon pays,
Ses bois et ses ruisseaux, et ses arbres fleuris,
Ainsi que ses châteaux, ses maisons de campagnes,
En y joignant aussi ses superbes montagnes,
Une verte prairie ou un riant coteau,
De ma belle cité pour en faire un tableau.

Quand le septième jour d'une longue semaine,
Destiné à prier ou bien à prendre haleine,

Accorde le plaisir à nos heureux anfans,
De se livrer sans crainte à leurs amusemens ;
Quand l'astre a commencé sa course vagabonde
Et qu'il vient éclairer la surface du monde ,
Que ses rayons dorés , traversant tous les bois ,
Surprennent en ce jour nos bons Monflanquinois ;
Du sommeil aussitôt s'arrachent avec peine
Eveillés par les chants des oiseaux de la plaine.

Habitude plutôt que pour la dévotion ,
Car ce peuple n'a point du tout de religion ,
Le dimanche matin ils s'en vont à l'église :
L'un pour y babiller, l'autre pour y voir Lise ;
Tandis que chacun prie, ou bien le fait semblant,
La maligne Elisa cause avec son amant ;
Le libertin Edouard, dans les mains de sa belle ,
A déjà fait glisser un doux billet pour elle.

Ernest, de son côté, obtient un rendez-vous ;
Adolphe l'amoureux presse deux beaux genoux.
Ce scandale laissons, et finissons bien vite :
Il me semble déjà voir un pâle jésuite ,
Sous peine d'anathème , interdire mes vers.

Revenons aux beautés des arbres toujours verts ;
Rendez-vous avec moi au bord d'une onde pure
Qui porte dans son lit, creusé par la nature ,
Le cristal de ses eaux coulant avec lenteur ;
Sous un jeune peuplier ou bien un vieux pleureur ,

Là mollement assis à l'ombre du feuillage,
Qui de la solitude est la parfaite image,
Nous pourrons à loisir contempler l'alentour
De ce pays charmant, de délice et d'amour :
Nous verrons le paysan de ces fertiles plaines,
Paraissant insensible aux travaux et aux peines,
Avec sa faux tranchante enlever la moisson
Et puis la transporter dans son humble maison.

Un troupeau de moutons, là-haut sur la colline,
Qui, comme Monflanquin, tout le pays domine,
Du temps de l'âge d'or nous présente une idée ;
Mais tout à coup un bruit nous ôte la pensée.
Du temps trois fois heureux ou le simple mortel
Ne suivait que la loi du puissant Eternel,
Un moderne Esaü, chasseur impitoyable,
Cherchant à augmenter le luxe de sa table,
Vient de donner la mort à un très beau faisan,
Apporté par son chien encore tout sanglant.

Quand l'astre a parcouru la moitié de sa course,
Que le vaste océan remonte vers sa source,
Le riche propriétaire, aux heures de loisir,
Dans les belles allées où souffle un doux zéphir,
Tout en donnant le bras à sa tendre compagne,
Il peut apercevoir ses riantes campagnes,
Avancer ses ouvrages, diriger ses travaux,
En goûtant sous ces arbres un délicieux repos.

Quand ce même soleil, cette clarté divine,
Vous donne à l'horison la couleur purpurine,
Qu'il va jeter ses feux dans le sein de Thétis
Et qu'il cède la place au bel astre des nuits :
Les filles aussitôt abandonnent leurs mères,
En cherchant d'échapper aux regards de leurs pères,
Elles donnent le bras à leurs tendres amans,
Afin de les conduire auprès de leurs parens.
Aussitôt ces derniers s'emparent de leurs belles,
Pour les diriger vers leurs maisons paternelles;
Victorine, en donnant le bras à son ami,
Vous prend de préférence au beau chemin uni
La route la plus longue est la plus tortueuse,
Mais qui, je crois, pour elle est la plus périlleuse;
Sous prétexte souvent d'une blessure au pied,
Sur le tendre ga on Victorine s'assied :
Entourant de ses bras sa personne charmante,
Alfred, en l'embrassant, console son amante,
Qui sourit aussitôt, oubliant sa douleur,
Ne pensant qu'au plaisir, à l'ivresse, au bonheur;
Enfin ils se relèvent, la blessure guérie,
L'un sur l'autre appuyés, traversent la prairie;
Alfred, avant d'entrer sous le joug paternel,
Promet à son amante un amour éternel.
Elle de son côté, d'une voix argentine,
Que l'on croirait sortir d'une bouche divine,
En lui disant adieu, jure fidélité.

Loin de toi , Monflanquin , je suis donc exilé !·
A l'heure où dans les champs règne un profond silence
Qne ne puis-je en ces lieux, troublés par ma présence ,
Sous un chêne agité par le tendre zéphir ,
En te voyant au loin m'enivrer de plaisir !
Surtout quand la lumière de la lune brillante
Réfléchit sa clarté dans une eau transparente .
Que dis-je en ce moment, qui trouble mon esprit ?.
Est-ce bien un soldat qui parle , qui le dit ?
Moi , je regretterai mon pays pour la gloire !
O Clio trop fidèle ! ô temple de mémoire !
Efface donc ces mots que me dicta l'amour ,
Que j'eus pour le pays où j'ai reçu le jour.
Le métier dont je fais le noble apprentissage
Te prouvera bientôt que mon jeune courage
N'oublia ni son roi , ni ces sermens sacrés
Qui , parmi nous , soldats , sont aussi bien gardés.

Adieu , trois fois adieu , la plus belle des villes ,
Où l'heureux citoyen coule des jours tranquilles ;
Quand mes sermens sacrés ne me retiendront plus ,
Que tous les ennemis par nous seront vaincus ,
Alors je reviendrai raconter les conquêtes
Que vous aurez déjà célébrées par des fêtes.

Adieu.

UNE DÉSERTION.

DON CARLOS, OU LA REINE D'ESPAGNE.

———

Muse, viens recréer mon esprit trop inquiet :
Avant pour t'appeler je savais le secret ;
Tu venais à ma voix vers l'obscur militaire ;
Tu ne voulus jamais rejeter ma prière ;
Les mortels aujourd'hui ne veulent voir en moi
Qu'un lâche déserteur qui fut traître à son roi.
O Muse, que j'appelle, au moins dans ta sagesse,
Toi seule n'a dû voir qu'une erreur de jeunesse ;
En rimant aujourd'hui dans ma sombre prison,
Viens m'aider à chanter ma triste désertion.

Tu sais qu'à peine encor dans mon adolescence
Je connaissais déjà des Français la vaillance :
Leurs exploits, leur valeur dans le pays lointain
Électrisait mon cœur, mon esprit enfantin ;
Comme eux fier d'être né sur le sol de la France,
Rehaussé par l'éclat de leur noble vaillance,
Je cherchai dans les rangs de leurs petits neveux
L'honneur d'être reçu compagnon de ces preux.

Bientôt sur le cordon du pays des Espagnes
Nos nombreux bataillons furent vers ses montagnes ;
Pendant trois ans entiers l'écho de leurs valons
Nous répétait le bruit que faisaient leurs canons :
A ce son qui un Français électrise, anime,
Mon esprit se remplit de la pensée sublime
De courir vers ces champs où pour la liberté
Le Castillant prenait son arme avec gaîté.
Je le dis, et bientôt dans la haute Navarre
Je laissais après moi le mont qui la sépare
Du pays que bientôt j'aurais voulu revoir,
Hélas ! et pour tomber dans les mains d'un pouvoir
Injuste et sanguinaire autant que despotique,
Et qui me fit servir sa cause tyrannique.
Carlos, que l'Espagnol rejette et ne veut pas,
Ah ! ne croie conserver des Français pour soldats ;
Tes lâches partisans, qu'enfanta le pillage,
Pour toi s'arment en vain, essayent leur courage.
Aux plaines des Arcos je vis tes bataillons,
Tous ces hideux soldats revêtus de haillons ;
Et les prêtres avant qu'ils commencent l'attaque
Firent à tes guerriers cette honteuse remarque :
« O vous qui, réunis pour notre religion,
» Venez défendre ici de Dieu le sacré nom ;
» Le soleil de demain sur le champ de la gloire
» Eclairera pour vous l'honneur de la victoire ;
» Mais il faut que vous tous, à genoux prosternés,
» A tous vos confesseurs racontiez vos péchés. »

Je les vis à ces mots inclinés vers la terre ,
A plus de cent curés adresser leur prière ;
Et puis bientôt après un moine tout en blanc
Part sur son coursier, s'introduit dans le camp ;
Ces bigots aussitôt se prosternent encore,
Et le moine paraît être un Dieu qu'on adore.
« O vous, dit-il, soutiens de Carlos, votre roi,
» Pour qui demain encor combattrez une fois ;
» O vous, pour qui le ciel sera la récompense,
» Vous, de l'inquisition l'honorable défense ;
» Je viens de par le Dieu qui régit l'univers ,
» Par ce Dieu tout-puissant sur la terre et les mers,
» Promettre que le ciel sera l'heureuse place
» De celui qui mourra pour la royale race. »
Ils crient aussitôt : vive la religion !
Mort à qui ne voudra la sainte inquisition.

O Dieux ! me suis-je dit, troupe superstitieuse,
Des troupes que j'ai vues, troupe plus malheureuse,
Je fuirai cette nuit, je t'oublierai, Carlos,
J'irai offrir mon bras aux braves christinos ;
Du moins je ne verrai dans la riche Castille
Ravir le fils au père, et la mère à la fille.

Je partis, et bientôt dans ma course incertaine
Je saluai joyeux les troupes de la reine.
Les Français accueillis des braves Castillans,
Chez eux sont regardés comme leurs vrais enfans.

J'ai vu tous vos exploits, ô valeureuse armée,
Tous vos cœurs s'élançaient vers votre reine aimée;
J'ai vu et dans vos rangs au milieu du combat
Votre mâle courage à Mendigouria.
Les carlistes bientôt mordirent la poussière,
Et leur sang à grands flots arrosa cette terre.
Salut, nobles soldats! vrais amis des Français,
L'univers en entier reconnaît vos succès;
Je n'oublirai jamais que, au beau pays de France,
Vous fûtes les premiers à guider ma vaillance.

Fin.

Le jeune soldat auteur de cet opuscule de poesie, promet sous
quelques jours la description poétique de la ville de Dax.